한국 희곡 명작선 114

만나지 못한 친구

한국 희곡 명작선 114

만나지 못한 친구

안희철

평민사

한희철

만나지 못한 친구

등장인물

전태일(남, 노동운동가)
조영래(남, 인권변호사)
친구(남, 조영래의 친구, 전태일의 사후 조영래에게 나타난 친구, 그는 곧 전태일)
어머니(여, 전태일의 어머니)
아버지(남, 전태일의 아버지) / 남공 / 사장 / 의사
아내(조영래의 아내) / 여공 / 근로감독관
시다(라이브 연주자 겸 가수, 과거의 시다 역할도 겸한다.)

■ 전태일 열사와 조영래 변호사는 결국 만나서 친구가 되었을까. 대구 중구 남산동에서 태어난 전태일(全泰壹, 1948년 9월 28일~1970년 11월 13일) 열사와 대구 중구 대봉동에서 태어난 조영래(趙英來, 1947년 3월 26일~1990년 12월 12일) 변호사는 서로를 알지 못했지만 어린 시절 함께 대구에서 자랐다. 두 사람은 자신들도 모르던 어린 시절 어느 날인가에 자신도 모르게 잠시나마 스쳤을 수도 있다. 어쩌면 함께 뛰놀던 일이 있었을 수도 있다.

전태일이 세상을 떠난 후, 조영래는 전태일의 과거를 찾아 전태일의 이야기를 책으로 엮었다. 그 책이 바로 『전태일 평전』이다. 조영래가 전태일의 수기를 읽으면서 끊임없이 전태일과 대화하고 그 주변의 사람들을 만나 전태일의 생각과 삶을 다시 한 번 돌아보고 그것들을 『전태일 평전』으로 엮어낸 것이다.
그래서 『전태일 평전』 속 전태일 열사는 오롯이 전태일이라기보다는 조영래 변호사가 본 전태일이면서, 조영래가 만들어낸 전태일이라고 할 수 있다. 그것도 아니라면 조영래는 전태일과 직접 대화하며 그를 살려내고 그것을 그대로 옮겨낸 것은 아닐까. 그 과정을 통해 조영래는 분명히 전태일과 각별한 친구가 되었을 것이다. 조영래는 전태일과 수없이 많이 만나서 대화하고, 그의 행동을 이해하기 위해 부단히도 노력하고, 그의 슬픔을 함께하고 그의 즐거움을 함께하며 생전에 전태일이 그토록 그리워하던 대학생 친구가 기필코 되었을 것이다.
만나지 못했지만, 그들이 친구이듯 우리 또한 친구이다. 만날 수 없었던 친구, 만나지 못한 친구, 그 친구를 만나러 그도 우리도 함께 간다.

1. 프롤로그

무대 한쪽에 여공 복장의 연주자 겸 가수인 시다가 있다.
시다가 노래를 찾는 사람들의 "그날이 오면"을 연주한다.
건반을 연주하는 모습은 마치 재봉틀을 돌리는 것처럼 보인다.

조영래 (『전태일 평전』을 들고 읽는다.) 우리가 이야기하려는 사람은 누구인가? 전태일. 평화시장에서 일하던, 재단사라는 이름의 청년노동자. 1948년 8월 26일 대구에서 태어나, 1970년 11월 13일, 서울평화 시장 앞 길거리에서 스물둘의 젊음으로 몸을 불 살라 죽었다. 그의 죽음을 사람들은 '인간 선언'이라고 부른다.

가수가 "그날이 오면"을 노래한다.

2. 곡성 태안사

조영래와 아내, 두 사람은 함께 걷는다.

어느새 곡성 태안사가 투사된다.

아내 뭐해요? 이것 좀 받아 봐요. 병원도 싫다 하고 이렇게 내려오니 좋아요? 당신을 믿고 살아가는 집에 있는 가족들 생각도 좀 해야죠?

조영래 미안해요. 나 혼자 편안해지려고 태안사로 내려온 것 같아서.

아내 그래 몸은 좀 어때요?

조영래 좋아요. 마음도 편안하고요. 그동안 너무 바쁘게 살았나 봐요. 여기서 지난 시간을 되돌아보면 우리 가족들에게 너무 미안한 생각이 드네요.

아내 가족들 생각해서라도 당신 몸, 당신이 좀 챙겨야지요. 그리고 당신을 필요로 하는 사람들이 아직도 많잖아요.

조영래 당신답지 않게… 날 필요로 하는 사람들… 힘냅시다. 허허허. 둘러 봐요. 태안사가 얼마나 좋은지.

아내 예. 병원과는 비교가 안 될 만큼 좋네요. (조영래가 들고 있던 가방을 뺏더니) 방 정리하고 있을 테니까 좀 쉬어요.

아내가 가방을 들고 나간다.

친구가 반대편에서 들어온다.

조영래와 친구는 합장하며 서로 인사한다.

친구 성불하십시오.

조영래 성불하십시오.

친구 역시 결혼은 잘했어. 다 챙겨주시네.

조영래 (친구 얼굴을 보고 놀라며) 여긴 어떻게 알고 왔어? 미행이라도 한 거야?

친구 조용히 잘 좀 다니지 그랬어.

조영래 내가 미행 안 당하고 다니는 데는 선수인데.

친구 하긴. 수배 생활이 몇 년이었는데도 안 잡히고 잘도 다닌 걸 보면 인정하지 않을 수가 없네. 선수가 맞아. 그래도 나한텐 안되지.

조영래 내 몸이 성치를 않아서 왕년의 실력이 안 나오네.

친구 병원에서 치료받을 생각은 왜 안 하는 거야? 절에 있는다고 해서 치료가 돼?

조영래 공기가 너무 좋잖아.

친구 공기야 좋겠지만 이 좋은 공기 좀 마신다고 암이 낫길 하겠어?

조영래 머리가 맑아지잖아.

친구 머리?

조영래 머리가 맑아지면 생각이 맑아지고 뭔가가 깨끗하게 보이는 거지. 그러면 마음도 맑아지고 깨끗해지고.

친구 아무리 그래도 암이 깨끗해지진 않겠지. 그러게 담배를….

조영래 끊었어야지… 란 얘기면 됐네.

친구 줄였어야지. 폐가 시커멓게 변했겠어.

조영래 남 걱정하지 말고 자기 걱정이나 합시다.

친구 천도재를 해달라고 부탁했다며?

조영래 들었어?

친구 그건 왜?

조영래 미안하니까.

친구 이제 와서 왜?

조영래 그 책을 읽고 노동운동을 하다가 돌아가신 분들 때문에….

친구 그 평전 때문에 목숨을 스스로 끊은 사람들이 한둘이 아니지.

조영래 지금 다시 『전태일 평전』을 쓴다면 그렇게 쓰지는 않았을 것 같다. 그러면 목숨을 끊는 그런 일도 없지 않았을까.

친구 책을 읽고 얼마나 많은 사람들의 가슴이 뜨거워졌는데! 그게 역사를 만든 건데. 근데 그걸 이제 와서 후회한다고?

조영래 그 책을 읽고 영향을 받아서 노동운동에 헌신하고 목숨을 끊은 사람들을 생각하면 너무 마음이 아프다.

친구 그러게 왜 그렇게 잘 썼어? 적당히 좀 쓰지.

조영래 내가 꾸며서 쓴 게 아냐. 전태일 열사가 쓴 글에 다 있던 내용이었어. 직접 꼼꼼히 기록해놓은 수기가 있었으니까.

친구　잘 알지. 6년 수배 생활 중에 3년을 매달린 일이었는데 내가 그걸 왜 모르겠어.

조영래　그래, 그랬어. 반지하에서 옥탑으로 다시 반지하로 한 10번은 이사를 다녔지.

친구　이사가 아니라 수배를 피해서 도망 다닌 거지. 근데 어떻게 그런 와중에 청계천에 가서 사람들을 만날 생각을 했지?

조영래　반드시 직접 얘기를 들어야 했으니까. 더 부끄럽게 살 순 없었으니까.

친구　조영래 변호사님! 이제, 그만 진실을 밝히시는 게 어떤가?

조영래　진실? 무슨 진실? (『전태일 평전』을 받아서 훑어보며) 내가 이제껏 놓친 게 있었나?

친구　놓쳤다는 게 아니라 이제, 그만 밝히라는 거지요.

조영래　그래, 밝혀야지. 아직도 세상은 어두우니까.

친구　내가 졌네. 이 책 자네가 썼다는 건 죽고 나서야 밝혀지겠구만. 하긴 이렇게 정의에 불타는 사람한테 그깟 진실이란 게 뭐가 중요하다고.

조영래　그깟 진실이라니? 세상에 진실만큼 중요한 게 있을까? 진실을 밝히는 것이야말로 정말 가치 있는 일이지.

친구　그래, 그래서 조영래 변호사는 평생 어두운 세상을 밝히려고 부단히도 노력하고 있지 않았나. 조영래가 밝힌 곳이 참 많지. 어둠을 밝히는 전구 같은 존재라고 할 수 있지. 조영래가 내 친구인 게 난 정말 자랑스러워.

조영래　그 부끄러운 소리는 그만하지.

친구 사실인데 부끄러워할 필요 없어.

조영래 내가 밝힌 곳이라고 해봐야 티도 안 날 만큼 작아.

친구 작은 것에서부터 시작해서 큰 것이 되는 것이잖아.

조영래 그래, 세상은 그렇지.

친구 큰아들한테도 그렇게 얘기했다며?

조영래 내가 얘기했었나?

친구 미국에서 엽서로 보냈던 거 나도 알지.

조영래 컬럼비아 대학에 갔을 때지. (회상에 잠긴다.)

엠파이어스테이트 빌딩이 투사된다.

조영래 아빠가 어렸을 때는 이 건물이 세계에서 제일 높은 건물이었다. 아빠는 네가 이 건물처럼 높아지기를 바라지는 않는다. 세상에서 제일 돈 많은 사람이 되거나 제일 유명한 사람, 높은 사람이 되기를 원하지도 않는다. 작으면서도 아름답고, 평범하면서도 위대한 건물이 얼마든지 있듯이 (사이) 인생도 그런 것이다. 건강하게, 성실하게, 즐겁게, 하루하루 기쁨을 느끼고 또 남에게도 기쁨을 주는, 그런 사람이 되기를 바랄 뿐이다. 실은 그것이야말로 이 엠파이어스테이트 빌딩처럼 높은 소망인지도 모르겠지만….

친구 맞아. 그게 가장 크고 높은 소망일 거야. 그래도 조영래 변호사는 이뤘어. 크고 높게. 누구도 그렇게 하긴 어려울 거야.

조영래 왜 이렇게 자꾸 비행기를 태워?

친구 사실이잖아. 부천서 성고문 사건, 박종철 고문치사 사건! 모두 부끄러운 역사야. 하지만 조영래는 그 사건을 맡아서 이 땅의 민주화를 앞당기기 위해 애썼어.

조영래 함께한 수많은 변호인단이 있었어.

친구 그중에서도 단연 조영래였어.

조영래 시대는 혼자 변화시키는 게 아니야. 함께하는 거지. 단 한 사람 때문에 변하는 역사는….

친구 없겠지. 그에 따른 수많은 일들이 있고 수많은 사람들이 있는 거니까.

조영래 하지만 어쩌면 단 한 사람 때문에 그런 일들이 그런 사람들이 생겨났을 수도 있다는 생각이 들어. 시간이 흐를수록 그런 생각이 더 들어.

친구 단 한 사람? 그런 것도 같네. 조영래가 없었다면 대한민국의 오늘은 없었을지도 모르지. 그 얘긴 내일도 없다는 얘기고.

조영래 아니야! 나 때문이 아니야.

친구 그럼?

조영래 전태일 그리고 우리 엄마! (회상에 잠긴다.)

3. 변호사 사무실

자막 : 1983년

어머니가 조영래 변호사 사무실로 들어간다.

어머니 혹시 여기가 조영래 변호사님 사무실 맞습니까?

조영래 어머니, 엄…, 엄마!

조영래와 어머니는 서로를 확인하고 반가워서 붙들고 안는다.

어머니는 조영래를 안고 운다.

조영래 엄마, 제가 이렇게 변호사 하잖아요. 이제 울지 마세요. 이제 수배 생활 그런 거 아닙니다. 숨어서 만나는 거 안 해도 돼요. 변호사잖아요. 변호사! (어머니의 손을 잡고 자기 자리로 안내한다.) 앉으세요.

어머니 아이고, 아니야. 내가 거길 어떻게 앉아. 변호사 자린데 왜 내가 거길 앉아.

조영래 엄마, 한번 앉아보세요. 제가 엄마 쳐다볼 테니까 한 번 웃어보세요.

어머니 (웃는데 울먹인다.)

조영래 그렇게 울면 어떡해요. 그 자리에 앉아서 담배 한 대 멋지

게 펴보실래요?

어머니 또 이상한 소리 한다.

조영래 (카메라를 들고) 여기 보세요! 그 자리에 한 번 앉아보세요. 제가 엄마를 쳐다볼 테니까 저 보고 한 번 웃어보세요. 담배 한 대 드릴 테니까, 내가 변호사다, 하고 한 번 피워 보세요.

어머니 그렇게는 안 돼. 난 그렇게는 못하겠네. 우리 변호사님 앞에서 어떻게….

조영래 그러시면 편하게 둘러보시고 편하신 곳에서 담배 한 대 피우세요. 저쪽에 나가서 보시면 광화문이 다 보입니다.

어머니 그럼 구경이나 해보까?

어머니가 나간다.

조영래 정말 출세한 당신 아들을 보고 진심으로 기뻐하시는 것 같았어.

친구 그럴 만도 하시겠지. 근데 아무리 그래도 자식이 어머니보다 먼저 세상을 떠나는 건 불효자식이지.

조영래 그 불효자식이 세상을 바꾸는 데 큰 공헌을 했다면? 그건 어때?

친구 아무리 그래 봤자 어머니한테는 불효자식이야. 그게 변하지는 않아.

사계가 흐른다.

조명의 변화와 영상의 변화로 수배 생활 당시의 시대로 바뀐다.

4. 반지하방 (수배 생활 당시 조영래의 은신처)

자막 : 1976년

조영래가 반지하방에 웅크리고 앉아 대학 노트에 글을 쓰고 있다.

친구가 조영래 방문 앞으로 온다. 조용히 두드린다.

인기척을 느끼고 긴장하는 조영래, 쓰던 원고를 숨긴다.

조용히 문을 두드리는 친구.

조영래는 문 옆으로 몸을 숨기고 조심스럽게 문밖을 내다본다.

친구임을 알고 안심하며 문을 여는 조영래.

친구 천하의 조영래도 무섭긴 하지?

조영래 당연히 무섭지.

친구 감방 생활도 이미 꽤 해본 사람이 왜 그래?

조영래 이번엔 학내 문제 정도가 아니잖아.

친구 그렇지. 민청학련 사건은 그 정도 규모가 아니지. 사형선고가 떨어질 거라고. 내가 신고하면 포상이라도 받지 않을까? 포상금이 꽤 될 것 같은데.

조영래 그럴 용기는 있고?

친구 그게 없네.

조영래 알아본 건?

친구 지금 바로 가면 돼.

조영래 좋아. 가지.

친구 꼭꼭 숨어있어도 시원찮을 판에 이렇게 나가도 돼? 이러다가 잡히기라도 하면… 정말 죽고 싶기라도 한 거야?

조영래 살고 싶어서 그러는 거야!

친구 그럴 수도 있겠네, 그래, 가자!

조영래와 친구, 주위를 살피며 조심스럽게 나간다.

두 사람은 함께 걷는다.

5. 삼일다방

삼일다방 앞에 다다른 두 사람.

다방 안에는 어머니가 앉아있다.

친구 내가 밖에서 망보고 있을 테니까 걱정하지 말고.

조영래 고마워.

친구 저기 들어오시네.

친구는 망을 보러 나간다.

조영래는 어머니 앞자리에 앉는다.

조영래 어머니, 건강하세요?

어머니 (조영래의 손을 잡으며) 목숨 걸고 우리 태일이 글 쓴다는 사람이구만. 고맙습니다. 이러다가 큰일 날 수도 있는데 참말로 대단합니다. 고맙습니다.

조영래 어머니, 목숨 걸고 그런 거 아닙니다. 신경 쓰지 마세요.

어머니 나도 다 압니다. 이거 잘못되면 큰일이라는 거요. 안 그래도 수배 중이라카던데 이러다가 클나면 어떡할라고… 괜찮습니까?

조영래 저 아무렇지도 않습니다. 정말 괜찮습니다.

어머니 (조영래의 손을 잡아주며) 그래도 이렇게 태일이 잊지 않고 글로 써준다카니까 그것만 가지고도 나는 눈물이 납니다. 정말 고맙습니다.

조영래 (어머니의 손을 잡고 안정이 된다.) 어머니, 제가 고맙습니다. 그리고 제가 죄송합니다.

어머니 선생이 와요?

조영래 선생은 무슨… 선생입니까? 조영래입니다. 영래라고 부르시면 됩니다.

어머니 아이고 그러지 마이소. 태일이가 쓴 글은 친구 통해서 다 받았지요?

조영래 예, 잘 받아서 보고 있습니다. 보면 볼수록 정말 굉장한 사람이다, 진짜 대단한 친구라는 생각밖에 안 듭니다. 이렇게 큰 친구는 처음 봅니다.

어머니 친구요?

조영래 예. 어머니, 말씀 편하게 하세요. 태일이하고 저하고 또래입니다. 한 살밖에 차이가 안 납니다.

어머니 한 살… 위 아니면 아래?

조영래 제가 웁니다.

어머니 그라믄 형이네. 한 살이라도 형은 형이지.

조영래 아닙니다. 친굽니다. 제가 태일이랑 친구가 되고 싶습니다. 친구 되게 해주십시오.

어머니 진짜요?

조영래 예. 엄마.

어머니 그게 뭐 어렵기야 하겠냐마는….

조영래 그러면 저 태일이랑 친구하겠습니다. 친구 어머니도 제 어머니 같으니까 편하게 하세요. 친구 엄마면 제 엄마나 마찬가지 아니겠습니까.

어머니 (울먹이며) 진작에 만났으면 얼마나 좋았겠노.

조영래 저랑 태일이요?

어머니 우리 태일이가 대학생 친구 하나 있었으면 좋겠다고 그렇게 노래를 불렀는데… 죽고 나서 이렇게 만나네.

조영래 대학생 친구 필요 없습니다. 태일이가 공부했으면 대학생 아무것도 아닙니다. 글을 보니까 깊이가 엄청납니다.

어머니 우리 아가 글은 좀 쓰지요?

조영래 아니요. 좀이 아니고 잘 씁니다.

어머니 정식으로 학교도 제대로 못 다녔는데 그거치고는 잘 했을 겁니다. 공부를 그렇게 하고 싶어했는데… 학교를 못 다니게 되니까 학교 다니겠다고 지 아버지한테 그렇게 대들었어요. 그렇게 악착같이 배우고 또 배우고 싶어했는데. (회상에 빠진다.)

조영래는 어머니의 이야기를 들으며 글을 쓴다.

6. 전태일의 집

자막 : 1963년

전태일의 아버지가 술에 취해 있다.

전태일이 책을 들고 들어온다.

아버지 어디 갔다 와? 사람이 일을 해야지. 그냥 돈이 생긴다더냐?

전태일 공부를 해야 내일도 있는 거잖아요.

아버지 오늘 돈이 없는데 내일이 있을 것 같냐? 오늘 굶어 죽으면 내일이 무슨 소용이냐고! 너 학교 그만두고 일해!

전태일 아버지! 계속 다니고 싶습니다. 전에도 관두고 이번에 다시 다닐 때까지 얼마나 기다렸는데요. 다닐 겁니다.

아버지 안 돼. 그만둬! 그럴 돈이 어딨어?

전태일 제가 돈 벌어서 다니겠습니다.

아버지 그럴 돈 있으면 네 동생들 밥 먹일 생각이나 해라! 너는 네 공부 생각만 하냐?

전태일 저도 꿈이 있습니다. 공부 열심히 해서 대학까지 가고 싶습니다.

아버지 뭐? 쓸데없는 소리 하지 마라. 밥 먹은 거 아깝다. 배 꺼지기 전에 잠이나 자라.

전태일 중요한 얘깁니다.

아버지 학교 더는 못 다닌다. 내 말 알아들었나?

전태일 전 계속 다닐 겁니다.

아버지 됐다. 이미 내가 가서 때려치우게 했다.

전태일 아버지!

아버지 더 많이 배워봐야 더 많이 아프기만 할 뿐이다. 내 말 알아들었나?

전태일 더 많이 배워야 더 많이 안 아프게 할 거 아닙니까?

아버지 세상이 그렇게 호락호락한 게 아니다. 아버지를 한번 봐라. 이렇게 고생해서 돈 좀 모아보려고 하니 이리 맞고 저리 맞고 다시 더 바닥인 거라. 이게 벌써 몇 번째인 줄이나 아나? 이게 내가 잘못해서 그랬나? 내가 열심히 안 살았더나?

전태일 아버지는 술 때문에 더 그런 거 아닙니까?

아버지 그래? 됐다. 내 맘 알아주는 건 술밖에 없다. 술 말고 누가 내 맘을 알아주겠노… 대구서 부산으로 다시 대구로, 또 다시 서울로 대구로, 결국 이리저리 다니다가 안 죽겠나 싶다. 죽을 때 외롭지나 않으면 다행이지. 근데 어쩌겠노. 죽을 때는 다 혼자 외롭게 죽는 게 인생 아니겠나.

전태일 아버지가 아무리 그래도 저는 공부도 하고 제가 살고 싶은 인생을 살 겁니다.

아버지 고마 됐다. 자기가 하고 싶은 대로 살 수 있는 사람이 몇이나 된다고. 그냥 일이나 하면서 동생들 챙기고 잘 먹고 잘 살면 된다. 학교는 필요 없다. 돈이 필요한 거다.

전태일 저는 제 생각대로 할 겁니다.

전태일은 화가 나서 나간다.

아버지가 술을 찾다가 없자 나간다.

어머니 그렇게 술을 즐겨 찾는 양반이니 건강할 리가 있겠는교.

조영래 사업이 실패하고 상심도 커서 그러셨던 거 아니겠습니까.

어머니 그러니까요. 처음 서울 와가 일 망했을 때는 나도 미쳤다 아닙니까. 그래도 우리 태일이가 든든하게 버텨줬지. 그러다 좀 안정되고 다시 학교를 다녔던 건데 그것도 뜻대로 안 됐죠. 그래서 동생 데리고 가출도 했었습니다.

조영래 청옥고등공민학교 동창들한테 보내는 편지를 봤습니다.

어머니 그게 무슨 편진교. 유서지. 근데 진짜 학교를 댕기고 싶어 했어요. 잠깐 다닌 학교친구들도 평생 못 잊고 보고 싶어 했고.

조영래 예. 친구들 이름 하나하나 말하면서 앉을 자리 배치까지 정했던데요.

어머니 우리 태일이가 아주 꼼꼼하지. 손재간, 눈재간 다 있고. 어깨너머로 배우고 남들보다 빨리 재단사도 됐고요.

조영래 어려서부터 집에서 본 것도 크겠죠?

어머니 아버지랑 나랑 다 하던 일이 그거니 많이 봤지요. 어려서부터 일도 했고. 나중에 시간이 더 흐르면 어린 애들은 일을 안 하고 학교 다니고 놀기만 해도 되는 때가 안 오겠는교. 우리 태일이 위해서라도 그런 때가 꼭 와야 됩니다.

조영래 예. 그래야지요.

어머니 여동생보다 어린 애들이 학교는 안 다니고 거기 처박혀서 먼지 마시면서 하루 열 시간 넘게 일을 해요. 그 어린 애들이. 우리 태일이가 그걸 보고 그냥 못 넘어간 거지요. (사이) 힘이 들면 내가 힘이 드는구나 하고 쉴 생각을 해야지. 어린 여자애들이 눈에 들어온 거야.

조영래 시다들이요?

어머니 그렇지요. 다 자기들 여동생 같으니까. 열 몇 살 된 애들이 학교는 안 다니고 거기 처박혀서 먼지 마시면서 일하는 걸 보니까 불쌍했던 거지. 이름도 없이 2번 시다, 3번 시다, 이렇게 불리는 그 어린 것들이 얼마나 불쌍했을꼬.

자막 : 1966년

전태일이 건반 앞에 앉아있는 여공(가수)에게 걱정스러운 듯 다가간다.

반대편에서 여공이 기침을 하며 힘겹게 등장한다.

전태일 괜찮아? 아직도 많이 안 좋아?

전태일은 걱정스러운 듯 여공에게 달려가 부축한다.

전태일 이러다가 정말 큰일 나. 가서 쉬어야 돼. 내가 책임질게. 들어가서 쉬어. 어서 들어가라니까! 이러다가 정말 죽어. 어서 가. 내가 네 일까지 할 테니까 걱정하지 말고. 어서 가.

여공은 고마워서 인사하고는 퇴장한다.
사장이 화가 나서 들어온다

사장 야! 전태일! 너 뭐야?

전태일 예?

사장 네가 뭔데 2번 시다를 맘대로 보내?

전태일 열 시간도 넘게 일했어요. 게다가 아프다구요. 남은 일은 제가 다 정리하고 갈 테니까 걱정하지 마세요.

사장 이 자식 웃긴 자식이네. 네가 사장이야? 관둬! 당장 관두라고! 해고야! 해고! 나가! 뭐해 안 가고? 꺼져! (연주자에게) 넌 뭐해? 일해!

전태일은 할 수 없다는 듯이 퇴장한다.
연주자는 사장의 말에 연주를 시작한다.

조영래 공장에서 어린 동생들을 정말 많이 챙겼네요.

어머니 바른말 하고 착한 행동해 봤자 결국 자기만 공장에서 짤렸지.

조영래 아픈 사람을 그냥 볼 수 없었고 불의를 그냥 볼 수 없었던 바른 청년이었습니다.

어머니 그랬다카네요. 이름도 없이 그렇게 숫자로 불리는 그 어린 것들이 얼마나 불쌍했을꼬. 저거 아버지는 해방 직후 대구의 방직공장에 다녔는데 노동자들이 총파업을 해서 가담을 했었어요. 적극적으로 주도했던 사람들은 일생을 망치는 피해를 당하는 것을 많이 봤어요.

조영래 그래서 대단한 겁니다. 근데 그 책을 산 게…

어머니 웃기지요?

조영래 예?

어머니 처음에 그냥 일하러 다닐 때 그런 책은 아예 몰랐지. 근데 그걸 알게 된 게 아버지 때문입니다. 공부 못하게 하고 일하라고 해놓고선 그 망할 놈의 책을 알려준 게 지 아버지요. 저거 아버지는 해방 직후 대구의 방직공장에 다녔는데 노동자들이 총파업을 해서 가담을 했었어요. 적극적으로 주도했던 사람들은 일생을 망치는 피해를 당하는 것을 많이 봤어요. 그런데도….

자막 : 1968년

아버지가 술 마시고 비틀거리며 들어오는데 전태일이 따라 들어온다.

전태일 아버지 또 술 드셨어요?

아버지 다 마시고 없다.

전태일 (돈을 챙겨주며) 건강 생각하시면서 드세요. 너무 많이 드시

지는 마시라고요.

아버지 이제 돈 번다고 아버지 구박하나? 너 나 용돈 준다고 해봤자 그동안 내가 너 키운 거에 비하면 아무것도 아니다.

전태일 예. 알죠.

아버지 이 녀석이 이제 나이 먹고 사람이 됐네.

전태일 아버지, 순옥이 또래나 더 어린 애도 같이 일을 하거든요.

아버지 시다들이 다 그 나이지.

전태일 그 어린 애들이 좁은 다락방에서 먼지 마시고 야근까지 해요. 하루에 자기 나이보다 더 많은 시간을 일해요.

어머니 그래, 알았으니까 네 몸이나 생각해. 지금 자야 조금이라도 더 잔다. 잠만한 보약이 없어.

전태일 그 어린 여자애가 피를 토하는 거예요. 누가 피를 토했다, 누가 아프다가 아니에요. 공장에서 쫓겨날까 봐 말도 못해요. 그러다 들키면 그래요. 누가 피를 토한 게 아니고요. 4번 시다가 피를 토했다. 4번 시다가 아파서 일을 못한다. 4번 시다는 이제 시골로 돌아가야 한다.

어머니 태일아, 제발 네 몸부터 챙기라.

아버지 그래, 그러고 시간이 지나고 나면 그 4번 시다가 고향에 돌아가서 죽었다는 얘기를 듣게 되겠지.

전태일 이건 뭔가 잘못돼도 한참 잘못된 게 아닌가요?

아버지 잘못됐지. 법만 제대로 지켜도 그런 일은 없을 텐데.

전태일 법이요?

어머니 태일아, 넌 네 일 하면서 건강하게 살면 된다.

아버지 이건 다들 잘 몰라. 근데 법이 있어.

어머니 말하지 마이소.

아버지 근로기준법! 일을 하고 쉬고 이런 게 다 법으로 정해져 있어. 근데 안 지키니까 그게 문제지.

전태일 정말 그런 게 있어요?

아버지 그럼. 그게 책으로도 나와 있어. 이 아버지도 말이야. 세상만 잘 만났으면 말이지. 공부도 하고 세상도 바꾸고. 그렇게 정의롭게 살았을지 몰라.

전태일 근로기준법, 그 책을 사야겠어요. 그걸 알면 세상을 바꿀 수 있겠어요.

전태일은 아버지의 말이 끝나기 전에 급히 나간다.

아버지는 아들이 나간 걸 확인하고 자리에 눕는다.

어머니 그 길로 나가서는 그놈의 책을 어디서 사왔더라고요. 그 때부터 그 책만 보는 거야. 근데 그게 쉽게 볼 수가 없어. 죄다 한자투성이니까. 그게 다 못 배운 사람은 알 필요가 없다는 거지. 생각해보면 이게 조선시대하고 다를 게 뭐가 있노!

전태일이 근로기준법을 들고 들어온다.

전태일 그러니까요. 세종대왕님이 힘들여 한글을 만들어놨는데

별로 쓸모가 없네요.

어머니　법은 돈 많고 배운 사람만 보는 거라서 그런 모양이지. 우리는 그냥 우리대로 열심히 살면 되지. 태일아, 그렇게 살자.

전태일　어떻게 잘못된 걸 알면서 그렇게 살아요?

어머니　그게 밥 먹여주냐?

전태일　예. 잘 알고 바꾸면 밥 먹여줘요. 어머니도 같이 공부해요.

어머니　내가?

전태일　이걸 알고 있으면 바보가 안 되는 거라고요. 세상도 바뀌고요.

어머니　너도 어려운 걸 내가? 말도 안 되지.

전태일　우리 어머니는 다 하실 수 있어요. 우리 어머니는 보통 어머니가 아니신데요.

어머니　책 보고 공부하니까 그렇게 좋아? 공부 못한 게 한이 됐구나.

전태일　근데 시간이 너무 많이 걸려요. 대학 다니는 친구 하나 있었으면….

전태일이 책을 들고 나간다.

자막 : 1969년

어머니　(아버지에게) 많이 안 좋아요? 좀 일어나 봐요. 당신 때문에 태일이가 근로기준법만 들고 다녀요. 좀 말려 봐요. 노동운동이니 뭐니 그런 말까지 한다니까요. 못하게 좀 해봐요.

아버지 (힘겹게 일어난다.) 태일이가 지금까지 자기 하고 싶은 거 한 적이 없잖아. 학교도 제대로 못 다니고… 밤낮없이 일하고… 이제 관심이 가는 하고 싶은 일을 찾았는데… 그 일이 나쁜 일도 아니고. 그냥 태일이가 하고 싶은 일 하게 해주라고.

어머니 아니 이 사람이 왜 이래요? 갑자기 안 하던 짓을 다 하고?

아버지 (베개에서 돈을 꺼낸다.) 이거 받아.

어머니 이게 웬 돈이에요?

아버지 태일이가 나 술 마시라고 계속 챙겨준 돈인데 더는 못 쓰겠네. 처음엔 좋다고 마셨는데 저렇게 새벽부터 밤늦게까지 일해서 번 돈을 내가 더는 못 쓰겠어.

어머니 왜 그래요?

아버지 태일이 하고 싶은 일 하게 해줘! (어지러운 듯 힘겨워하며 퇴장한다.)

어머니 태일이 아버지요! (사이) 그렇게 마지막엔 태일이 걱정하다가 이 세상 떠났지요. 태일한테 근로기준법 알려주고는….

암전.

7. 반지하방 (수배 생활 당시 조영래의 은신처)

자막 : 1976년

조영래가 반지하방에 웅크리고 앉아 대학노트에 글을 쓰고 있다.

친구가 조영래 방문 앞으로 온다.

조영래는 글쓰기에 빠져 인기척을 느끼지 못한다.

친구는 놀라게 하려는 듯 갑자기 안으로 들어간다.

조영래는 몸을 숨길지 원고를 숨길지 몰라 당황해서 어쩔 줄 몰라 한다.

친구 잘 돼 가?

조영래 사람 놀라서 죽는 꼴 보고 싶어서 그래? 장난칠 게 따로 있지.

친구 정신을 어디에 팔고 있던 거야? (조영래의 노트를 훔쳐보더니) 유언인가?

조영래 (원고를 가리며) 아니야.

친구 어차피 볼 건데 왜 그래? 보라고 쓰는 거 아냐?

조영래 아직은 아냐

친구 근데 유언이라고 적은 건 뭐야?

조영래 태일이 하고 싶은 일, 말리지 말라는 게 전태일 아버지 유언이시라네.

친구 사람들은 죽기 전에 변하곤 하지.

조영래 돌아가시기 전에 아버지가 많이 변하신 것 같네. 아버지나 태일이 서로 조금씩 이해하려고 노력했다고나 할까.

친구 근로기준법은? 결국, 그 얘기 아냐?

조영래 그게 중요하지. 근데, 그것보다 아니면 그것처럼 그것도 아니라고 해도 뭔가가 더 있지 않았을까 하는 그런 생각이 들어.

친구 그게 뭐지?

조영래 어머니 입장에서는 다 싫으셨을 거야. 태일이 몸만 축나니까. 잠도 제대로 못 자고 밥도 제대로 못 먹고 자기 챙길 건 안 챙기고 남들 챙기느라 정신이 없었으니까. 그게 아무리 바른 일이면 뭐하겠어? 자기 자식 아픈데 남의 자식 신경 쓸 여유가 어딨겠어? 근데 태일이는 그게 참….어린데도 자기보다 남을 먼저 챙기고, 그것도 생판 남을… 참, 또래지만 사람을 부끄럽게 만들어.

친구 나도 그래. 나도 부끄러웠어.

조영래 그게 이 시대를 사는 우리들이 느껴야 할 바른 감정 아닐까? 부끄러움을 모르는 사람들이 망친 우리나라를 부끄러움을 아는 우리가 바로잡아야 하는 것이 아닌가…. 그런 생각이 들어.

친구 좋은 생각이네. 오늘은 부탁한 대로 자리 잡았어.

조영래 공장 식구들이 나와주시겠대?

친구 내가 누구야. 다 가능하게 만들었지. 갑시다.

조영래 고마워. 가지.

조영래와 친구는 함께 나간다.

8. 삼일다방

삼일다방 앞에 다다른 두 사람.

다방 안에는 남공과 여공이 앉아있다.

친구 내가 밖에서 망보고 있을 테니까 걱정하지 말고.

조영래 고마워.

친구 저기 있네

친구는 망을 보러 나간다.

조영래는 남공과 여공 앞자리에 앉는다.

여공 (긴장하며) 어….

조영래 긴장하지 말고 자연스럽게 하세요.

남공 예.

조영래 바쁘실 텐데 시간 내주셔서 고맙습니다.

여공 아뇨. 태일이 오빠 생각하면 당연히 해야죠. 오빠한테 풀빵 얻어먹은 것만 해도 얼만데요.

조영래 자기 차비로 풀빵을 샀다더라고요.

남공 누구 또 만나셨습니까?

조영래 수기에 다 적혀있어서요.

여공 맞아요. 오빠는 글 쓰는 거 좋아했어요.

남공 책 읽는 것도 좋아했습니다.

조영래 무슨 책을 주로 많이 보던가요?

여공 그 책이요.

남공 아주 닳아 없어지도록 보더니… 한자가 많아서 알아볼 수도 없는 책이었는데.

여공 전 정말 그 책이 너무 미워요. 알고 보면 다 그 책 때문이잖아요.

조영래 근로기준법이요?

남공 예.

여공 세상에 그렇게 말도 안 되는 거짓말 책이 어딨어요!

조영래 그게 왜 말이 안 되는 거짓말 책이죠?

여공 그 책에 나와 있는 게 하나도 안 지켜지잖아요.

남공 성경이 훨씬 더 진짜죠.

조영래 그런가요?

남공 예.

여공 성경에 나오는 것처럼 바다는 지금도 갈라지는 데가 있잖아요. 그렇죠?

조영래 예. 그렇죠.

여공 근데 근로기준법에 나오는 대로 지켜지는 공장은 없어요.

남공 청계천 아무리 뒤져봐도 못 찾을 겁니다. 지금까지도 마찬가집니다. 그러니까 엉터리죠. 법이란 거 순 엉터리 같다니까요.

여공 이런 건 법 공부하는 사람들 잘못이에요. 안 그래요?

조영래 잘못이죠.

여공 혹시 법 공부하셨어요?

조영래 아, 예.

여공 아… 미안해요.

조영래 괜찮습니다.

남공 우리 같은 사람은 구경도 못해 본 게 대학이거든요. 다들 국민학교도 제대로 못 나왔어요.

여공 태일이 오빠도 그랬잖아요. 근데 대학 나왔다는 똑똑한 사람들은 다 뭐하나 몰라요. 이런 것도 그대로 두고.

조영래 죄송합니다.

여공 아, 아니에요. 우리나라 최고라는 서울대 법대 나온 사람들 책임이죠. 서울대 법대 나오신 것도 아닌데 뭐 어때요.

조영래 죄송합니다.

여공 아… 서울대 법대…. 그게요. 그게 아니라… 그거 뭐지… 아! 사법고시 합격해서 그쪽 일 하는 사람들 때문에….

조영래 죄송합니다.

여공 (조영래 눈치를 보더니) 사법고시? 합격…? 근데 지금 왜 이러고 계세요?

남공 그렇게 똑똑하고 힘 있는 분이시면 우리 같은 사람들 안 힘들게 세상을 바꿔주셔야 되는 거 아닙니까?

조영래 죄송합니다.

여공 우리처럼 힘없고 아무것도 모르는 사람들 꼭 좀 도와주세요!

조영래 예!

여공 태일이 오빠가 서울대 법대 나왔으면 세상 다 바꿨을 거예요.

남공 대학 좋은 데 나온다고 그게 다 되겠어? 똑똑한 사람들이 얼마나 많은데. 봐봐 그렇게 됐어? 아니잖아.

조영래 아뇨. 아닙니다. 대학 나오지 않았지만 세상을 바꿨습니다. 서울대 나온 사람도 못한 일을 해냈습니다.

여공 그렇죠?

남공 태일이가 죽어서 바뀐 게 뭐가 있습니까? 우린 정말 모든 게 다 바뀔 줄 알았습니다. 근데 아닙니다.

여공 그건 그래요.

남공 뭐 조금 바뀌는 것 같더니 그대롭니다.

조영래 그냥 기다린다고 되는 게 아니니까요.

여공 그냥 기다린 거 아니에요. 태일이 오빠 그렇게 되고 나서 매일 나가서 싸웠어요. 근데 해준다 해준다 하곤 똑같았어요.

남공 믿었던 우리가 바보인 거죠.

여공 그래서 바보회라고 했던 건가 봐요. 근데 그때는 제가 정말 바보였어요. 잠 오지 말라고 주사를 계속 놔줬는데요. 그걸 계속 맞으니까요. 며칠 잠을 안 자도 잠은 안 오고요. 머리가 멍해져요. 앞도 잘 안 보이고. 이러다 정말 내가 바보가 돼서 죽겠구나 했어요.

남공 그때 다들 그렇게 주사도 맞고 약도 먹고 했습니다. 근데 그게 아직도 있습니다. 없어진 거 아닙니다.

여공 근데요. 그때 태일이 오빠가 그랬어요. 걱정하지 마라. 이제 좀 있으면 좋아질 거다. 진짜 바보는 나니까, 내가 바꾸는 거 보여줄 거라고요.

남공 그때 만든 게 바보회잖아.

여공 태일이 오빠가 그중에서 제일 바보라 회장을 한 거죠? (웃다가) 미안해요. 웃으면 안 되는데.

남공 그걸 될 거라고 믿었던 바보들… 우리 중에서 제일 바보가 태일이 맞아.

조영래 그런 일이 바보라면 저도 바보입니다. 근데, 세상은 바보들이 바꾸는 겁니다.

여공 바보가 어떻게 세상을 바꿔요? 똑똑하고 배운 사람들이 바꿔야지요.

남공 됐다. 그런 사람들은 세상 바뀌는 거 관심 하나도 없다.

조영래 그러니까 우리가 바꿔야죠. 우리 같은 바보가 바꿔야죠. 미국에 에디슨이라는 발명왕이 있습니다.

여공 저도 알아요.

조영래 그 에디슨을 보고 사람들은 바보라고 했습니다. 하지만 아니었죠. 오히려 세상을 바꿨죠. 만약에 전태일이 바보라면 저도 기꺼이 바보가 되어 세상을 바꿀 겁니다. 전태일은 세상에서 제일 바보니 앞으로 세상을 제일 많이 바꿀 사람이 되겠네요.

여공 꼭 그렇게 해주세요.

남공 그럴려면 일단 안 잡히게 노력하세요. 매에는 장사 없대요.

여공 맞아요. 잡아다가… 노조를 한다고 계속 그러면 가만히 안 둘 거라고 그랬어요.

남공 그래도 조금씩 조금씩 바뀔 거야.

조영래 예. 그럴 겁니다. 꼭 그렇게 만들어야죠. 그러니까 그 얘기들 많이 들려주세요.

남공과 여공은 회상에 빠져 진지하게 얘기한다.
조영래는 그들의 이야기에 귀 기울이며 글을 적는다.
가수가 연주하며 사계를 노래한다.

9. 봉제 공장

다락방이 있는 피복공장 실내 모습이 투사된다.

전태일 (여공에게) 미선아, 오늘은 좀 괜찮아? 이제 주사 안 맞겠다고 해.

여공 오빠가 주사 놓지 말라고 하셨다면서요? 고마워요.

소리(E) 3번 시다! 3번 시다!

여공 저, 불러요.

전태일 식사시간 아직 안 끝났는데.

여공 괜찮아요. 벌써 밥 먹고 변소도 갔다 왔어요.

전태일 멍하다면서 몸도 안 움직인다고 하더니 이제 엄청 빨라졌는데.

여공 주사도 그렇고 그것도 고마워요!

전태일 뭐가? 풀빵? 그런 건 내가 계속 사줄 수 있어.

여공 아뇨. 그것도 고마운데요. 그거 말고요.

전태일 뭐?

여공 오빠는 3번 시다라고 안 부르고 미선이라고 제 이름 불러줘서요. 다른 사람들은요. 일 끝나고 쉴 때도 다 그렇게 불러요. 돌아가신 우리 아버지가 지어주신 이름 있는데… 전 제 이름이 좋은데.

전태일 그래, 미선이라는 이름 정말 좋아.

여공 오빠 이름도 좋아요. 크게 될 이름 같아요. 제가 알고 있는 글자, 클 태! 맞죠?

전태일 그래, 고마워. 조금 다르게 생긴 건데 뜻은 비슷해.

여공 글자가 또 달라요?

소리(E) 3번 시다! 3번 시다!

여공 예, 가요!

전태일 오늘 일 끝나고 친구들 다 잠깐만 기다려. 같이 공부하자.

여공 근로기준법이요?

전태일 그래.

여공 그거 하면 바보 되는 거예요?

전태일 아냐. 공부를 해야 바보가 안 되는 거야.

여공 태일이 오빠가 바보회 회장이라면서요?

전태일 그래. 지금은 우리가 아무것도 모르는 바보처럼 당하고 살지만 우리도 깨우쳐서 바보로 남지 말자고 그래서 바보회를 만들었다.

여공 예.

여공은 인사하고 나간다.

남공이 지켜보다가 다가온다.

남공 태일아, 애들 풀빵 사줄 돈으로 버스 타고 집에 가.

전태일 알고 있었어?

남공 어머니도 걱정하신다.

전태일 어머니가?

남공 어느 어머니가 좋아하시겠어? 버스비로 시다들 풀빵 사주고 자기는 걸어서 집에 가고. 그것도 툭하면 늦어서 통행금지에 걸려서 파출소에서 자고 들어가는데. 그러다가 죽어. 잠 못 자고 사람이 어떻게 버텨?

전태일 시다들이 훨씬 고생이야. 나이도 어린데 돈도 적고 일도 훨씬 힘들고.

남공 누가 그걸 몰라? 다 아는데 그게 그렇게 돼 있는 걸 우리가 뭘 어떻게 하냐고.

전태일 근로기준법대로만 하면 돼. 그럼 아무 문제도 없다고. 나쁜 짓 하자는 게 아냐. 법대로 하자는 거라고.
근로기준법에 나와 있는 대로만 지켜달라고 할 거야.

남공 그게 바보 같은 소리 아냐? 다들 그래. 바보들 모여서 바보 같은 소리만 한다고.

전태일 법에 나와 있으니 될 거야. 법대로 해달라는 거야! 가서 우리의 얘기를 전하는 거야!

남공 난 아직 자신 없어. 다녀와!

남공이 전태일을 격려하고는 퇴장한다.

근로감독관이 나온다.

전태일이 근로감독관 앞에 가서 선다.

감독관 하시고 싶은 말씀이 뭐죠?

전태일 근로기준법 제42조, 근로시간은 휴게시간을 제하고 1일에 8시간, 1주일에 48시간을 기준으로 한다. 단, 당사자간의 합의에 의하여 1주일에 60시간을 한도로 한다. 우리는 한도를 넘겨서 일하고 있습니다.

감독관 여러분들은 대한민국의 경제발전을 이끌고 있어요.

전태일 근로기준법 제45조, 사용자는 근로자에 대하여 1주일에 평균 1회 이상의 유급휴일을 주어야 한다. 우리는 한 달에 두 번도 제대로 못 쉬어요.

감독관 여러분들은 대한민국의 자랑스러운 산업역군입니다.

전태일 근로기준법 제59조 여공에 대한 월 1일의 유급생리휴가, 제63조 18세 미만의 어린 근로자에 대한 교육시설 규정, 제71조 건강진단, 제56조 여자와 18세 미안 근로자에 관한 야간작업 금지! 어느 것 하나 지켜지고 있는 게 없어요.

감독관 우리 대한민국은 여러분들이 정말 자랑스럽습니다.

강렬한 Effect, BG

전태일 근로기준법, 제1조. 이 법은 헌법에 따라 근로조건의 기준을 정함으로써 근로자의 기본적 생활을 보장, 향상시키며 균형 있는 국민경제의 발전을 꾀하는 것을 목적으로 한다.

감독관 예. 여러분들 덕분에 대한민국의 경제는 날로 발전하고 있습니다.

전태일 우리도 대한민국 국민입니다.

감독관 대한민국을 더 사랑해주세요. 감사합니다.

전태일 제발 제 말 좀 들어주세요! 우리 말 좀 들어달라고요!

감독관 근로기준법이 지켜줄 수 있도록 최선을 다하겠습니다. 가서 기다려주세요.

근로감독관은 인사하고 들어간다.

남공이 나온다. Effect, BG

남공 어떻게 됐어? 해주겠대? 아니지? 그래, 그렇게 해줄 리가 없지. 다 우리를 바보 취급한다니까.

전태일 바보 같은 시절은 끝났어. 삼동회로 새로 시작하는 거야. 더 체계적인 방법으로 접근해서 대한민국을 다 바꿀 거야.

남공 평화시장, 동아시장, 통일상가 이 셋에 일하는 사람이 얼만지 알아? 그중에서 삼동회가 몇 명인 줄은 알고? 대한민국이 아니라 청계천에서도 안 바뀌는 게 현실인데 결국엔 대한민국이 바뀐다는 게 말이 돼?

전태일 지금은 그래. 하지만 우리가 바꿀 수 있어.

남공 잊었어? 근로감독관도 모른 척했어. 아무도 우리 같은 사람들은 관심도 없어.

전태일 계속 지금처럼 살 순 없어.

남공 그냥 사장님한테 잘 부탁해서 일요일은 쉬게 해달라고 하는 것밖에 방법이 없어.

전태일 야근은?

남공 줄이면 좋지.

전태일 밥 시간은?

남공 지키면 좋지.

전태일 변소는?

남공 많으면 좋지.

전태일 월급은?

남공 올리면 좋지.

전태일 다락방은?

남공 없애면 좋지.

전태일 환풍기는?

남공 있으면 좋지. 그만해. 이렇게 하면 끝이 없어. 해줄 리가 없잖아.

전태일 기자를 만났어.

남공 기자?

전태일 이런 내용을 설문지를 만들어서 체계적으로 조사해서 가져오면 신문에 실어주겠대.

남공 정말?

전태일 신문에 크게 나오면 사장도 노동청도 다 움직일 거야. 그래도 안 되면 청와대에도 편지를 쓸 거야.

남공 청와대에? 그러다 잡혀가는 거 아냐?

전태일 잘못된 걸 얘기하는 것도 아니고. 최대한 예의를 갖춰서 말해야지. 그게 국민을 위하고 나라를 위하는 길이라고.

내 문제가 아냐. 어린 소녀들 목숨이 걸린 일이야.

남공 될 것 같으면서도 왠지 무서운데.

전태일 이거 삼동 돌면서 다 받을 거야.

남공 설문지?

전태일 그래, 하루에 몇 시간 일하는지, 일주일에 몇 번 쉬는지, 월급은 얼마인지, 건강검진은 받는지, 어디가 아픈지 싹 다 적는 거야.

남공 그래, 하자. 나는 어차피 한 번 해고돼봤잖아. 너처럼. 태일이 너 때문에 다시 돌아올 수 있었던 거니까. 해고된 셈 치고 해보자.

전태일 그것 때문이면 안 해도 돼.

남공 바른 일이어서 하는 거야.

전태일 그럼, 하자.

설문지를 들고 설명하면서 돌아다니는 전태일과 남공.
어느 정도 모은 설문지를 들고 퇴장했다가 등장하는 전태일.
남공은 퇴장한다.

전태일 몰라서 어려웠던 거 바로잡는 거야. 자기들은 다 알고 있으면서 모른 척 하고 있는 거고. 우린 그걸 바로잡는 거야. 기준을 잡는 거지.

근로감독관이 나온다.

근로감독관이 전태일 앞에 와서 선다.

감독관 신문 잘 봤습니다. 그렇게 설문조사를 자세하게 할 거였으면 우리한테 얘기하셨으면 됐죠.

전태일 우리 얘기 안 들으셨잖아요.

감독관 그럴 리가요. 말씀을 잘 들었습니다. 그때도 이번에도요. 이제 조금만 더 기다려주면 다 바꾸도록 하겠습니다.

전태일 언제까지 기다리란 거죠?

감독관 조금만 기다리시면 됩니다. 조금만요. 업주분들도 다 바꾸고 싶어 합니다. 믿고 조금만 더 기다려주세요.

근로감독관이 돌아서는데 사장이 등장한다.

사장이 근로감독관에게 크게 인사한다.

사장 감독관님? 지금 밑에 애들이 데모한다고 난리입니다. 조금만 도와주십시오. 해달라는 거 다 해주면 수출목표 달성이 불가능합니다.

감독관 그래도 더 시끄러워지면 곤란합니다. 업주분들이 신경 좀 쓰세요.

사장 안 시끄러워지게 해줄 건 해줘야죠. 근데 그게 한 번에 되나요? 단계별로 조금씩 해나가야죠. (돈 봉투를 감독관에게 안긴다.)

감독관 하긴 항상 급진적인 세력이 문제긴 하죠. 더 문제 안 커지

게 잘 좀 해주세요.

사장 걱정하지 마십시오. 최선을 다하겠습니다. 감사합니다. 가시죠.

사장은 감독관을 모시고 나간다.

조영래 근로기준법 제108조에는 근로감독관이 이 법에 위반된 사실을 알고도 고의로 묵과할 때는 3년 이하의 징역 또는 5년 이하의 자격정지에 처한다고 못 박고 있다. 그런데도 불구하고, 전태일은 평화시장에서 몇 년 동안 일하는 사이에 근로시간 같은 것은 아예 완전히 무시되어버리고 있는데도 그 때문에 업주가 처벌을 당했다거나 근로감독관이 문책 당했다는 것을 한 번도 들어보지 못했다.

가수가 사계를 노래한다.

전태일은 낙담한 채 힘없이 돌아선다.

조영래가 자리에서 일어나 전태일의 뒷모습을 쳐다본다.

전태일은 퇴장한다.

10. 반지하방 (수배생활 당시 조영래의 은신처)

조영래는 반지하방으로 돌아간다.

자리에 앉아서 자료를 찾아보며 대학 노트에 원고를 쓰는 조영래

매미 소리 들리더니 빗소리, 바람 소리 등 계절의 변화가 이어진다.

계절의 흐름이 이어지더니 드디어 원고를 완성한 조영래.

조영래는 자신이 완성한 원고를 보며 만감이 교차하는 표정이다.

이때 친구가 찾아온다.

친구 (조영래를 보더니 웃음) 드디어 다 쓴 건가?

조영래 어떻게 그렇게 잘 알지? 혹시 날 훔쳐보고 있었나?

친구 얼굴에 다 쓰여 있네. 본 게 몇 년인데 내가 그걸 모를까.

조영래 그런가….

친구 대구에서 태어나서 어릴 때부터 늘 1등! 심지어 앞산에 놀러 가는 것도 1등! 내가 들은 바가 많아.

조영래 자네도 대구라고 했지? 난 대봉동인데 자넨 어디야?

친구 대봉동이면 나랑 멀지 않네. 난 반월당 바로 근처. 남산동이야. 나도 앞산에 오르고 신천에서 멱 감고 했는데.

조영래 오며 가며 만났을 수도 있겠는데.

친구 난 어릴 때 대구서 서울 왔어.

조영래 나도 그래. 우리 공통점이 많은데 그동안 잘 몰랐네.

친구 자기 자신도 잘 모르는데 남이라면 더 그렇지 않을까?

조영래 그럴 수밖에.

친구 자넨 자네를 잘 몰라. 보통이 아닌 수재. 늘 1등, 1등, 오죽하면 서울대도 전체 수석으로 입학! 경기고 시절부터 데모를 주도! 대학에서도 주도! 결국, 감옥행, 감옥에서 나와서 또 수배! 뭔가 앞뒤가 안 맞는다고 생각하지 않아?

조영래 뭐가?

친구 어릴 때부터 쭉 1등, 성공이 보장된 사람이 지금 이렇게 수배자 신세가 됐다는 게 말이야.

조영래 앞뒤가 안 맞지. 부끄럽거나 잘못된 일을 한 적도 없는 사람이 이렇게 수배자가 되어 도망 다녀야 한다는 게… 그래서 가만히 있지 않으려고.

친구 예. 그래서 온갖 자격증을 다 따고 계셨군. 수배자가 도망 다니면서 자격증 시험공부하고 또 그 와중에 이렇게 위험한 원고까지 쓰고. 정말 대단해.

조영래 칭찬 맞지? 고마워!

친구 이렇게 위험하게 사는 거 가족들한테 미안하지도 않아? 사랑하는 사람한테 미안하지 않아? 전태일이 도대체 뭐라고!

조영래 전태일이 없으면 지금의 나도 미래의 나도 없는 거야.

친구 그 정도인가? 자네한테 전태일은.

조영래 난 이 글을 쓰며 그날을 상상했네. 그리고 그 상상만으로도 난….

친구 끔찍했겠지.

조영래 아니. 죄를 짓는 것 같았어. 그날을 상상하는 것만으로도 난 부끄러워졌네.

친구 (전태일 수기 중 발췌) '사람은 한 번은 죽는다. 태일이는 사람이다. 그런고로 태일이도 죽는다.' 자네가 알고 있는 그날은 도대체 어떤 날인가?

조영래 1970년 11월 13일, 오후 1시 30분. 점심식사를 하고 난 후였다. 공장으로 들어가지 않고 평화시장 앞 큰길 근처의 골목과 옥상에 숨어있던 청년들이 있었다. 그들은 근로기준법 화형식을 준비하고 있었다. 그 중심에 전태일이 있었다.

무대 어두워진다.

11. 평화시장 (근로기준법 화형식, 1970년 11월 13일)

자막 : 1970년

여공과 전태일이 함께 있다.

여공 오빠, 언제까지 기다려요?

전태일 바뀔 때까지.

여공 해준다고 약속해 놓고 안 지켜요. 안 바뀌잖아요. 계속 기다려요?

전태일 우리가 바뀌어야지.

여공 우리가 어떻게요? 그냥 조금만 더 기다릴까요?

사장이 들어온다.

사장 그래, 조금만 더 기다리면 돼.

여공 언제까지요?

전태일 더 이상 기다릴 순 없습니다. 계속 약속을 지키지 않았잖아요.

사장 그럼 어떡해? 조금만 더 기다려줘. 나도 지키고 싶다니까.

여공 그럼 지켜요.

사장 세상 물정을 모르네. 세상이 그렇게 쉬운 게 아냐. 조금만 더 기다려달라고!

전태일 야근은요?

사장 더 줄여줄게. 조금만 더 기다려.

전태일 밥 시간은요?

사장 더 줄게. 조금만 더 기다려.

전태일 변소는요?

사장 더 만들게. 조금만 더 기다려.

전태일 월급은요?

사장 더 올려줄게. 조금만 더 기다려.

전태일 다락방은요?

사장 없앨게. 조금만 더 기다려.

전태일 환풍기는요?

사장 만들게. 조금만 더 기다려.

전태일 도대체 언제요?

사장 조금만 더 기다려. 그러면 다 된다니까.

전태일 조금만 더 조금만 더, 도대체 언제까지 기다리기만 합니까?

사장 조금만 더 기다려.

전태일 그러다 죽으면요?

사장 안 죽어. 조금만 더 기다려. (다정하게 여공에게 다가가서) 이게 다 자랑스러운 우리 대한민국을 위하는 거야. (여공을 설득하며) 조금만 더. 그러면 다 될 거야. 조금만 더 기다리면 애국자가 되는 거야.

사장이 여공과 함께 퇴장한다.

조영래 평화시장의 열악한 환경이 신문에 나도 아무 소용도 없었다. 그들은 조금만 기다리면 지켜줄 것처럼 그렇게 약속해 놓고는 아무 약속도 지키지 않았다.

전태일 바뀐 게 하나도 없어. 오늘 근로기준법을 다 태우자. 어쩌면 누구 하나쯤 죽어 나가야 우리 얘기를 들어줄지도 몰라. 아니면 여럿 죽어 나가야 할지도 모르지. 그냥 배운 사람들, 똑똑한 사람들이 만들어놓은 그 법대로 하라는 건데. 오늘 근로기준법 화형식으로 우리의 이야기를 세상에 전하자.

전태일 이제 선택하고 행동할 때이다. (편지를 쓴다.) 사랑하는 친우여, 받아 읽어주게. 친우여, 나를 아는 모든 나여. 나를 모르는 모든 나여. 부탁이 있네. 나를, 지금 이 순간의 나를 영원히 잊지말아 주게. 그리고 바라네. 그대들 소중한 추억의 서재에 간직하여주게. 뇌성 번개가 이 작은 육신을 태우고 꺾어버린다고 해도, 하늘이 나에게만 꺼져 내려온다 해도, 그대 소중한 추억에 간직된 나는 조금도 두렵지 않을 걸세.
그리고 만약 또 두려움이 남는다면 나는 나를 영원히 버릴 걸세. 그대들이 아는, 그대 영역의 일부인 나, 그대들의 앉은 좌석에 보이지 않게 참석했네. 미안하네. 용서하게. 테이블 중간에 나의 좌석을 마련하여주게.
그대들이 아는, 그대들의 전체의 일부인 나. 힘에 겨워 힘에 겨워 굴리다 다 못 굴린, 그리고 또 굴려야 할 덩이를 나의 나인 그대들에게 맡긴 채. 잠시 다니러 간다네. 잠시 쉬러 간다네.
어쩌면 반지의 무게와 총칼의 질타에 구애되지 않을지도 모르는, 않기를 바라는 이 순간 이후의 세계에서, 내 생에 다 못 굴린 덩이를, 덩이를, 목적지까지 굴리려 하네. 이 순간 이후의 세계에서 또다시 추방당한다 하더라도 굴리는 데, 굴리는 데, 도울 수만 있다면, 이룰 수만 있다면….

자막 : 1970년 11월 13일
플래카드가 옥상과 거리에 걸려있다.
'근로기준법을 준수하라!'
'우리는 기계가 아니다!'
'일요일은 쉬게 하라!'
'노동자를 혹사하지 말라!'
전태일과 남공이 골목에 서 있다.

전태일은 남공을 격려하고 골목으로 사라진다.
남공이 플래카드에 적힌 구호를 외친다.
여공이 뒤따라 나오며 구호를 함께 외친다.

남공 근로기준법을 준수하라!

여공 우리는 기계가 아니다!

남공 일요일은 쉬게 하라!

여공 노동자를 혹사하지 말라!

남·여공 근로기준법을 준수하라! 우리는 기계가 아니다!

연주곡이 흐른다.

전태일이 근로기준법을 안고 나온다.

전태일 근로기준법을 준수하라! 우리는 기계가 아니다! (몸에 불을 붙인다.) 정부는 근로기준법을 준수하라! 기준법을 준수하라!

전태일의 모습에 놀란 남공, 여공.

이윽고 구호를 외치다가 쓰러지는 전태일.

어찌할 바를 몰라 멍하니 쳐다보던 남공과 여공은 황급히 불을 끈다.

가수가 '동지를 위하여'를 노래한다.

암전.

12. 병원

누워있는 전태일 옆에 어머니가 서 있다.

어머니 태일아 도대체 이게 무슨 일이고. 도대체 이게….

전태일 기준법을 지키는지 죽어서도 지켜볼 겁니다. 어머니, 제가 못다 이룬 일을 어머니가 대신 이뤄주세요! (추위에 온몸을 부들부들 떤다.)

어머니 (앞치마를 벗어 떨고 있는 전태일을 덮어준다. 주위를 둘러보며 의사를 찾는다.) 우리 아들 좀 살려주이소. 안 아프게 주사라도 좀 놔주이소.

의사가 들어오다가 멀찌감치 물러나더니 고개를 젓고는 나간다.

근로감독관이 종이를 들고 어머니 옆으로 간다.

서명할 것인지 의사를 묻는 근로감독관.

고개를 저으며 거부하는 어머니.

근로감독관은 할 수 없다는 듯이 멀찌감치 물러나더니 고개를 젓고는 나간다.

어머니 태일아, 우리한테 엄청난 돈을 주겠단다. 지금 네가 이렇게 아픈데 주사도 한 대 못 놓아주고 주사비 보증도 못 서

주겠다면서 평생 먹고살 돈을 주겠다 카더라. 근데 나도 그렇고 네 동생들도 그렇고, 우리 식구 다 안 받겠다고 했다. 엄마 혼자 뜻이 아니고 다 같이 그랬다. 태일이 너한테 부끄럽게 살 수는 없다 아니가.

전태일 제 죽음을 헛되이 하지 말아주세요.

어머니 그래, 말하지 마라. 화기가 들어간단다. 제발 말하지 마라.

전태일 (고통스러우면서도 말을 이어 간다.) 제가 못다 이룬 일 어머니가 대신 이뤄주세요!

어머니 그래.

전태일 할 수 있다고 약속해주세요.

어머니 그래, 내가 약속할게. 할 수 있다.

전태일 더 크게요.

어머니 할 수 있다. 할 수 있다. 할 수 있다.

전태일, 옅은 미소를 띠다가 다시 고통스러워한다.
그리고 이내 조용해지며 혼수상태에 빠진다.

어머니 내 죽을 때까지 네가 못다 이룬 일을 이룰 거다. 약속한다.

움직임이 없던 전태일이 뒤척이며 움직인다.
뭔가 할 말이 있는 듯 움직이는데 입이 떼어지지 않는다.

어머니 (뭔가 직감한 듯) 하고 싶은 말이 있나? 뭐? (귀를 전태일의 입에 가까이 댄다.)

전태일 (힘겹게) 엄마…, 엄마…, 배고파요….

전태일이 마지막 숨을 내쉬며 세상을 떠난다.

어머니 태일아, 엄마가 밥해줄게. 밥 먹으러 가자. 여기 있지 말고 밥 먹으러 가자. 배고프면 먹어야지. 밥은 먹고 가야지. 밥 먹으러 가자. 밥 먹으러 가자!

어머니와 사람들의 울음.

어머니와 의사가 전태일과 함께 나간다.

13. 장례식

(시간과 공간이 다른 전태일과 조영래의 장례식 동시 장면)

조영래가 사람들 앞으로 나선다.

조영래 (조영래의 글 중에서)
민주화란 권력자의 선의로 주어지는 하사품이 아니다. 이 시대를 끌고 가야 할 것은 바로 우리 국민들 자신의 각성되고 단결된 민주역량이며 우리가 잠들지 않는 한 아무도 우리의 앞길을 막을 수 없다.
오늘 우리는 친구를 떠나보냅니다. 오늘 우리에게는 한없는 부끄러움만 남았습니다. 우리가 알았지만 모른 척했던 것, 우리가 알았지만 말하지 못했던 것. 그 친구 때문에 우리는 부끄럽습니다. 만나지 못한 친구, 그 친구가 그립습니다. 그 친구와의 만남을 기약하며 더는 부끄럽지 않게 살겠습니다.

그날이 오면 노래가 흐른다.

친구가 조영래 옆으로 나온다.

친구 상중이신 모양입니다. 누가…?

조영래 친구입니다.

친구 친한 친구였던 모양입니다.

조영래 친해질 친구입니다.

친구 예? 친해질 친구요?

조영래 예. 오늘 그 친구한테 약속 하나 하려고요.

친구 친해질 친구한테 하는 약속은 어떤 건지 궁금한데요?

조영래 우리 사는 세상에 더 이상 억울한 일이 없도록 우리 인권을 위해 평생을 바칠 거라고요. 친구의 죽음을 헛되이 할 수는 없으니까요.

친구 저도 약속 하나 하지요.

조영래 예?

친구 그 친구가 지치지 않게 옆에서 평생 돕겠다고요.

친구가 전태일이란 것이 선명하게 드러난다.

조영래와 전태일, 어깨동무하며 활짝 웃는다.

조영래와 전태일이 결의에 차서 손을 맞잡는다.

두 사람은 함께 웃는다.

시다가 "그날이 오면" 노래를 부른다.

무대 어두워진다.

어머니가 전태일의 영정사진을 품에 안고 나온다.

아내가 조영래의 영정사진을 품에 안고 나온다.

암전.

14. 에필로그

『전태일 평전』이 꽂혀있는 중고서점을 보여주는 영상 투사.

혹은 실제 무대 위의 연기로 그 모습이 펼쳐진다.

전태일이 중고서점에 들어서 서점주인에게 다가간다.

전태일 근로기준법이라는 책이 있습니까?

점주 법대생이요?

전태일 아닙니다.

점주 (책을 찾으며) 하긴 법대생 아니라도 사시는 볼 수 있으니까. 사법고시만 합격하면 팔자가 달라지니까요. (책이 없는 듯 포기하며) 다른 건 찾는 게 없고요?

전태일 근로기준법만 있으면 됩니다.

점주 다른 건 다 끝내셨나 보네. 어떡하나, 그것만 없네요. 해설서까지 다 있었는데 팔렸네.

전태일 언제쯤 구할 수 있을까요?

점주 그거야 모르지. 운이 좋으면야 오늘이라도 들어올지.

전태일 예, 수고하세요.

점주 또 오슈.

전태일이 나가는데 조영래가 들어온다.

스치며 지나가는 두 사람.

점주 아이고 또 오셨네. 또 뭘 찾으시나? 아니면 되파시게?

조영래 바꿔 가도 되죠?

점주 그렇게 하세요. 사시 합격할 분인데 내가 잘 좀 보여야지.

조영래 고맙습니다. (근로기준법을 내놓으며) 여기요.

점주 벌써 다 외워버리셨나? 근로기준법? 방금 이 책 찾던 학생 나갔는데. (밖으로 뛰어나가서 둘러보다가 들어온다.) 벌써 멀리 가버렸나 보네.

조영래 (다른 책을 골라서 들고는) 이거요.

점주 예. 아쉽네. 연락할 방법도 없고.

조영래 필요하면 다시 오겠죠. 책도 사람도 인연이 되면 다시 만나게 되니까요. 전 그렇게 생각합니다.

점주 젊은 학생이 애늙은이 같은 소리를 하네.

조영래 안녕히 계세요.

점주 언제든지 와요.

조영래가 나가고 전태일이 들어온다.

서로 얼굴을 마주 보며 스쳐 지나간다.

전태일 혹시 근로기준법 들어오면 두시겠습니까? 제가 다음 주에 다시 오겠습니다.

점주 그럴 필요 없겠수. (웃으며 근로기준법을 내민다.) 지금 왔으니까.

전태일 이게 어떻게….

점주 방금 나간 학생이 주고 간 거요. 책도 사람도 인연이 되면 다시 만나게 된다고 하던데 그 말이 딱 맞네.

전태일 고맙습니다, 고맙습니다.

점주 이 책 임자가 딱 학생인 모양이요. 좋은 인연이 되길 바랍니다.

전태일 예. 꼭 그럴 겁니다.

"그날이 오면" 노래가 흐른다.

무대 어두워지며 막이 내린다.

한국 희곡 명작선 114

만나지 못한 친구

초판 1쇄 인쇄일 2022년 11월 1일
초판 1쇄 발행일 2022년 11월 7일

지 은 이 안희철
만 든 이 이정옥
만 든 곳 평민사
서울시 은평구 수색로 340 〈202호〉
전화 : 02) 375-8571 / 팩스 : 02) 375-8573
http://blog.naver.com/pyung1976
이메일 pyung1976@naver.com
등록번호 25100-2015-000102호
ISBN 978-89-7115-055-9 04800
978-89-7115-663-6 (set)
정 가 7,000원

이 책은 사단법인 한국극작가협회가 한국문화예술위원회의 2022년 제5회 극작엑스포
지원금을 받아 출간하였습니다.